AS AVENTURAS DE GUILHERME E OS ANIMAIS MÁGICOS EM BUSCA DA ÁGUA

Copyright© 2022 by Literare Books International
Todos os direitos desta edição são reservados à Literare Books International.

Presidente:
Mauricio Sita

Vice-presidente:
Alessandra Ksenhuck

Diretora executiva:
Julyana Rosa

Diretora de projetos:
Gleide Santos

Relacionamento com o cliente:
Claudia Pires

Capa e ilustrações:
Santuzza Andrade

Diagramação:
Gabriel Uchima

Revisão:
Rodrigo Rainho

Impressão:
Impress

Dados Internacionais de Catalogação na Publicação (CIP)
(eDOC BRASIL, Belo Horizonte/MG)

L131a Lacerda, Gabriel.
         As aventuras de Guilherme e os animais mágicos em busca da água / Gabriel Lacerda. – São Paulo, SP: Literare Books International, 2022.
         13 x 19 cm

         ISBN 978-65-5922-390-9

         1. Ficção brasileira. 2. Literatura infantojuvenil. I. Título.
                                                                CDD 028.5

Elaborado por Maurício Amormino Júnior – CRB6/2422

Literare Books International.
Rua Antônio Augusto Covello, 472 – Vila Mariana – São Paulo, SP.
CEP 01550-060
Fone: +55 (0**11) 2659-0968
site: www.literarebooks.com.br
e-mail: literare@literarebooks.com.br

AS AVENTURAS DE GUILHERME E OS ANIMAIS MÁGICOS EM BUSCA DA ÁGUA

Guilherme, um menino alegre
e brincalhão de dez anos, morava com
seu pai Heitor e sua mãe Sofia.

Eles moravam numa casinha ao norte de
um mágico reino muito distante, onde viviam
pássaros cantantes e florestas verdes.

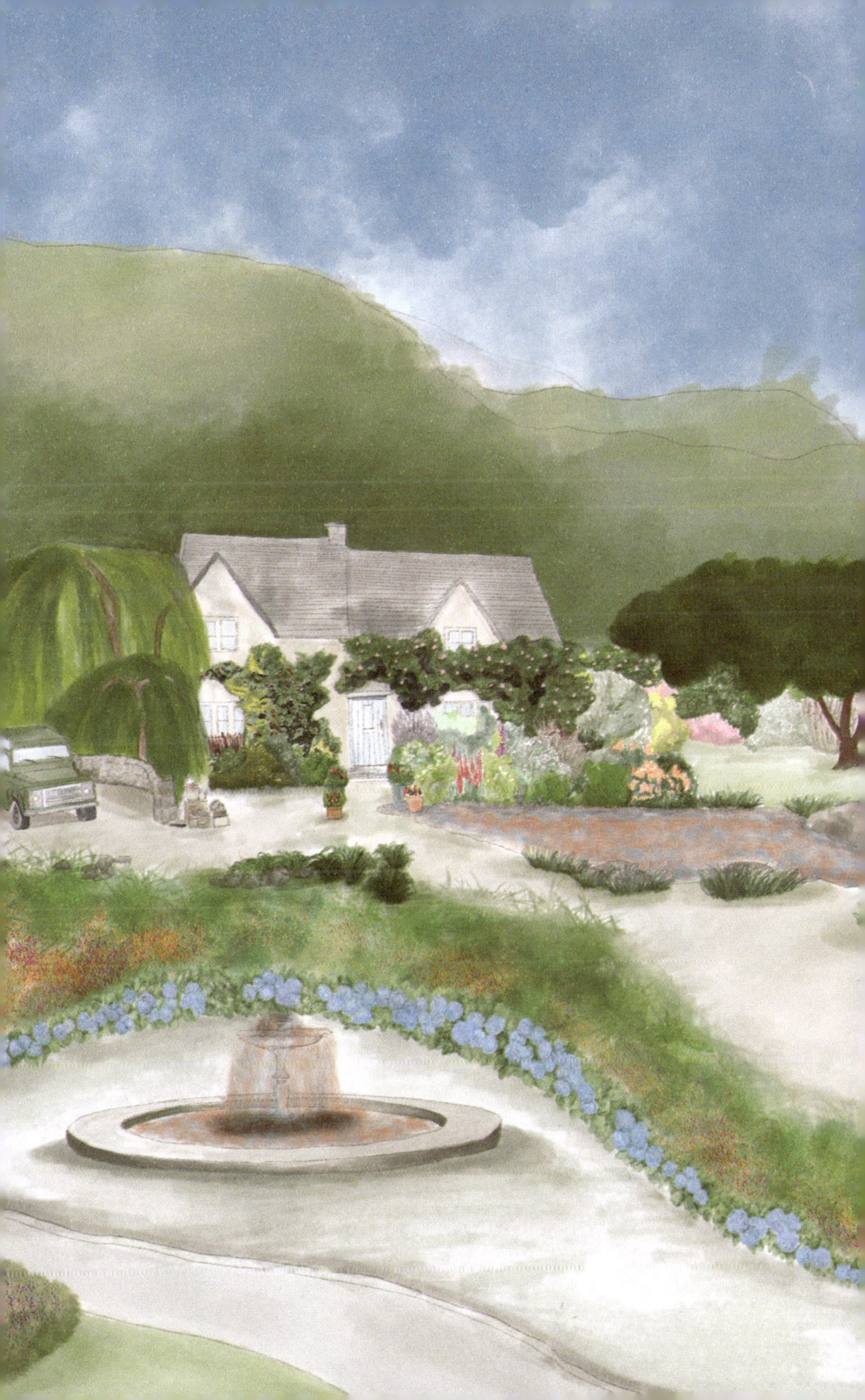

Neste reino, havia muitos moradores, contudo eles tinham um problema que era a falta de água limpa. E essa água contaminada causava um amarelamento na pele, febre, vômito e diarreia, além de que, caso se agravasse, poderia levar o doente à morte.

Certo dia, o pai de Guilherme ficou com a tal doença, e um curandeiro, que foi visitá-lo, disse que a única coisa que poderia curar seu pai seria um gole de água mágica.

Então sua mãe lembrou de um mago que vivia no meio da floresta que poderia salvá-lo. Mas, como Sofia tinha que cuidar do Heitor, pediu para que Guilherme fosse encontrá-lo.

Guilherme disparou correndo em busca do mago da Floresta de Aqualand.

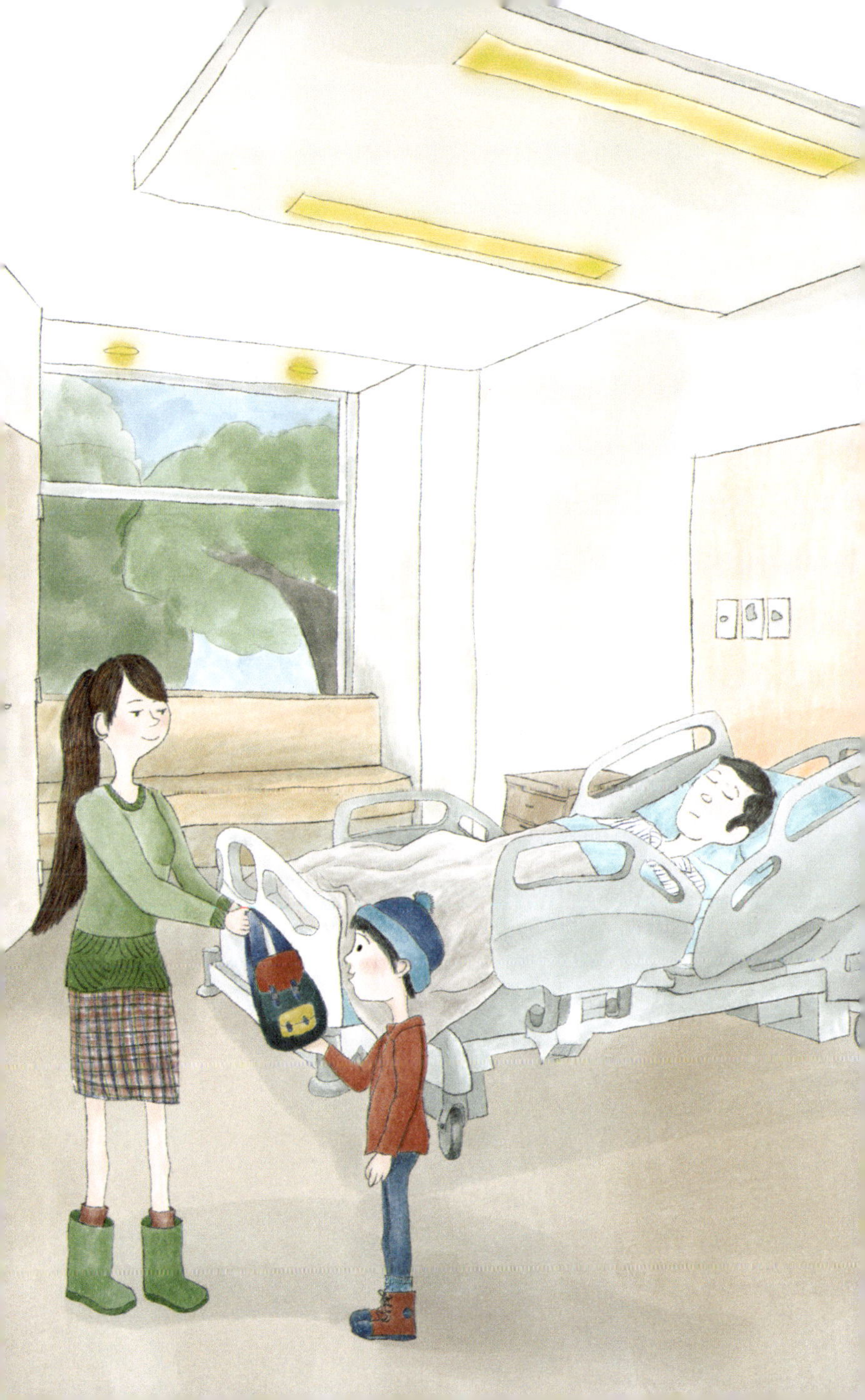

Então seguiu sua jornada e, no meio do caminho, encontrou três guardiões das águas: o João de Barro, um pássaro com poderes de purificação, a Aranha Gigante, que podia prender a parte ruim que João de Barro extraía, e o Peixe Alado, o protetor dos líquidos purificados.

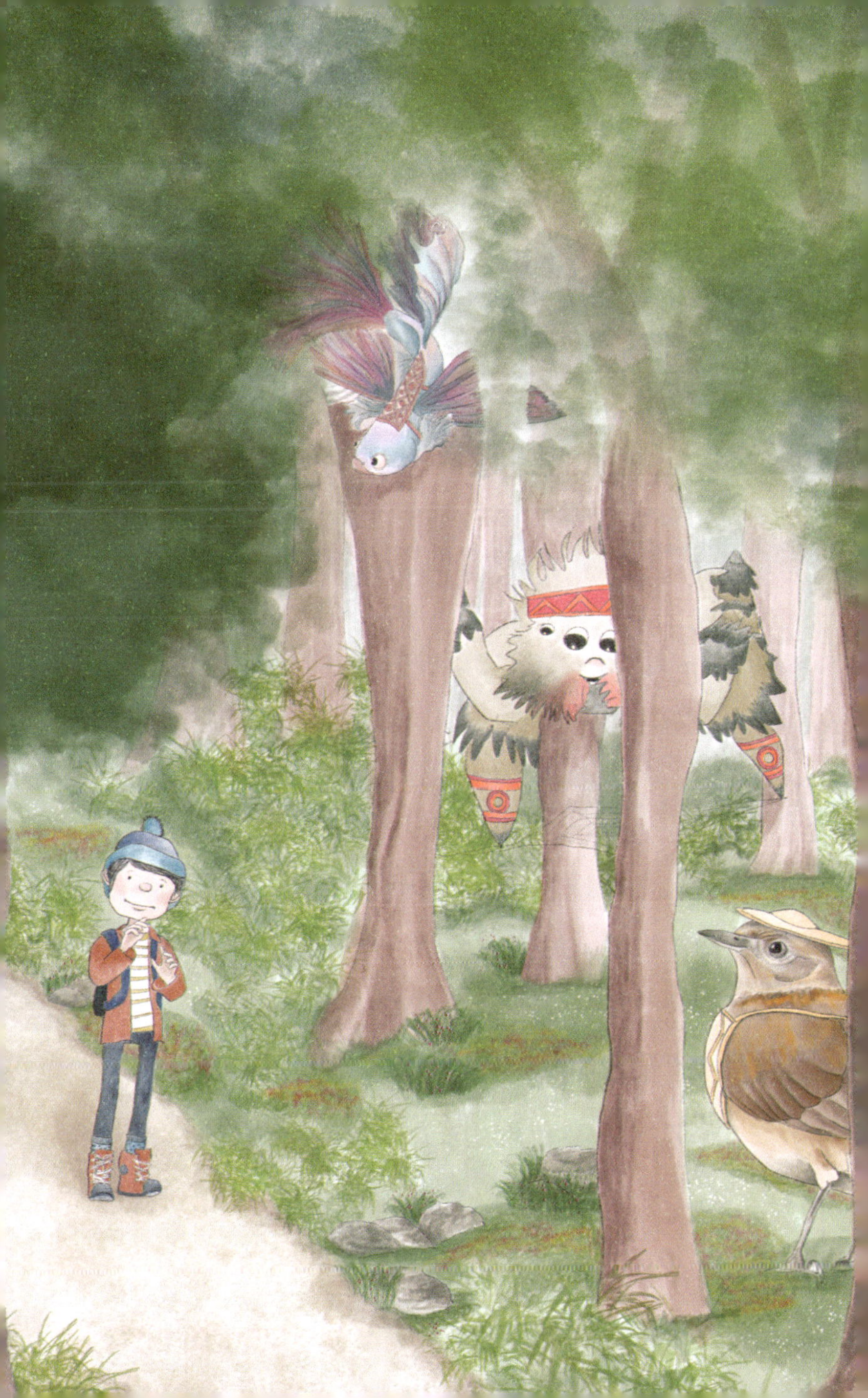

Os três perguntaram a Guilherme o que fazia ali, já que era antes das oito horas e ele, afobado, explicou tão rápido que nenhum dos três conseguiu entender o que ele queria dizer.

Guilherme respirou fundo, então se acalmou e contou o que havia acontecido com seu pai. Os guardiões se reuniram, pensaram e permitiram que Guilherme fosse ao encontro do líder de todos, o mago Zé Goton, o feiticeiro das águas. Que, além de mago, era o guerreiro da floresta de Aqualand.

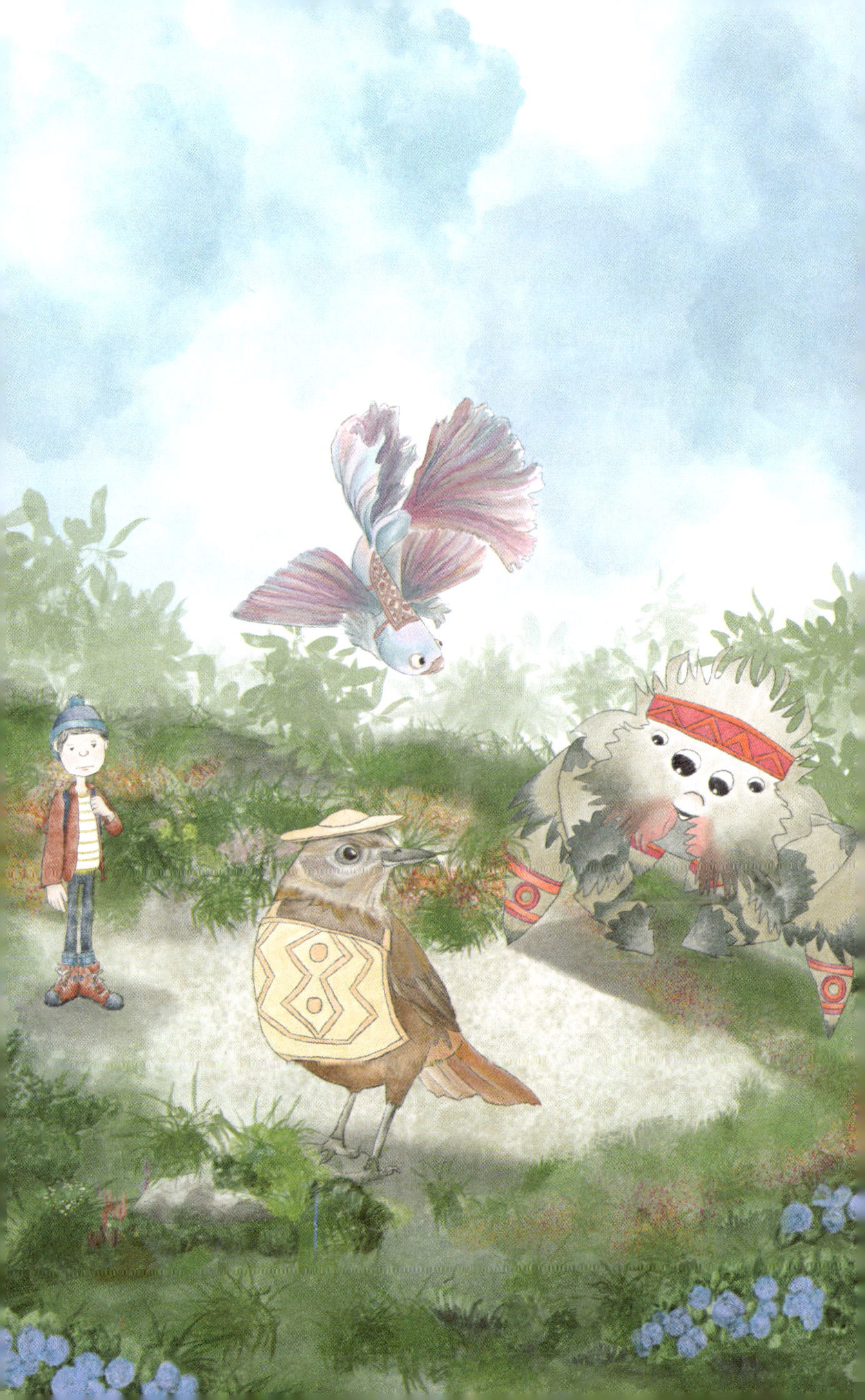

Chegando lá, contaram a Zé Goton o ocorrido, e ele então deu a Guilherme uma missão: que deveria sair imediatamente para encontrar a flor do néctar mágico, que ficava na montanha de Ulalá. Entregou a ele uma espada que podia cortar qualquer coisa, um escudo que tinha um espinho na ponta, um mapa que mostrava o local da montanha, uma bússola para caso ele se perdesse, uma bota que fazia com que ele pulasse muito alto e um casaco, caso esfriasse, para os desafios que encontraria pela frente. E lhe confiou um cristal mágico, que deveria ser usado sempre que Guilherme precisasse das orientações do mago.

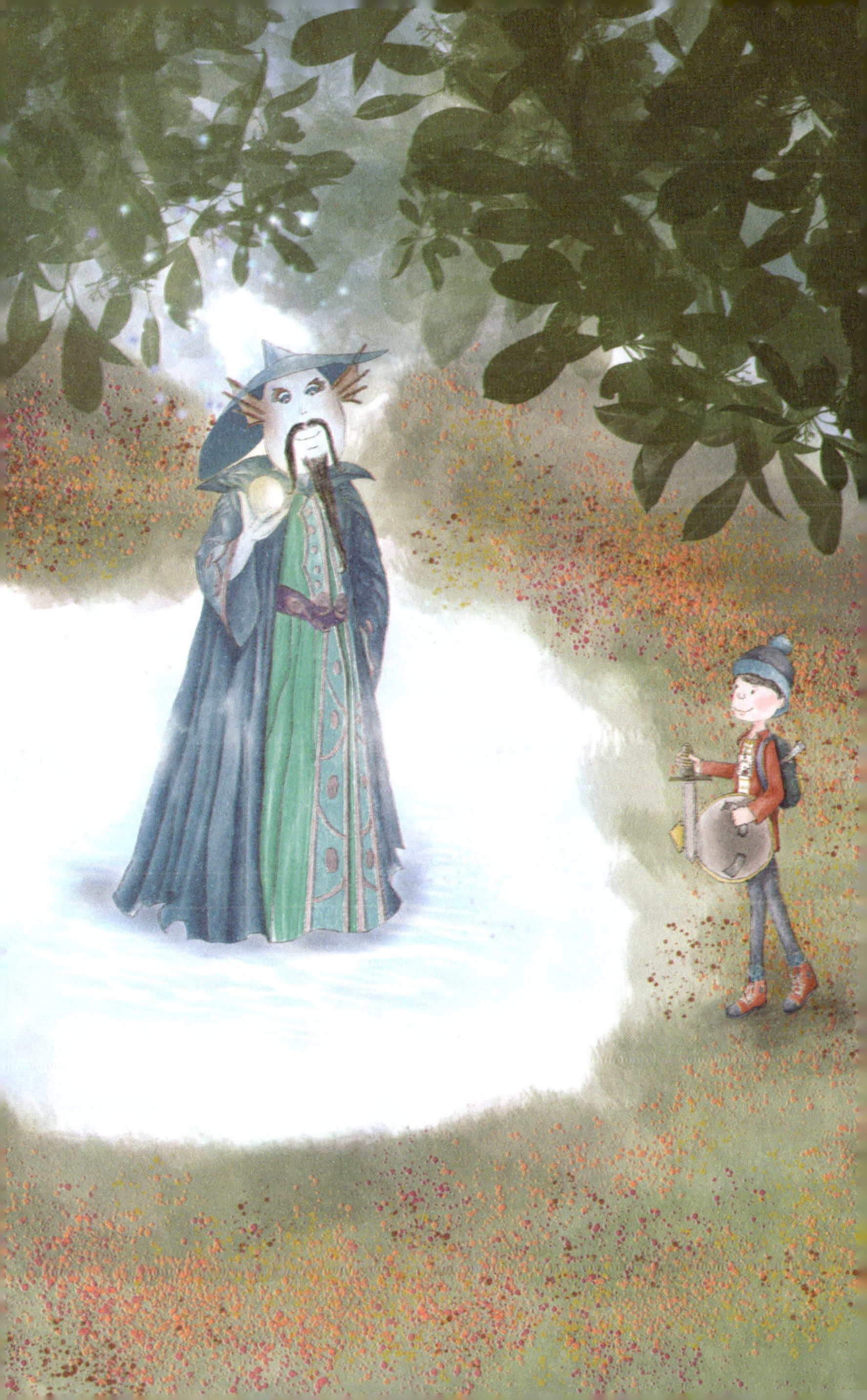

Guilherme rapidamente seguiu sua jornada em busca da flor do néctar mágico.

Como primeiro desafio, encontrou três ogros que possuíam três cálices, cada um com diferentes bebidas dentro. Uma era doce feito chocolate e a outra tinha sabor de morango. Já a terceira era amarga feito café forte sem açúcar. Os ogros disseram a Guilherme que ele deveria escolher uma das bebidas, sendo só uma a certa. Caso escolhesse a errada, a passagem não seria aberta e ele deveria ir embora. Mas, se escolhesse a certa, poderia passar e seguir para o próximo desafio.

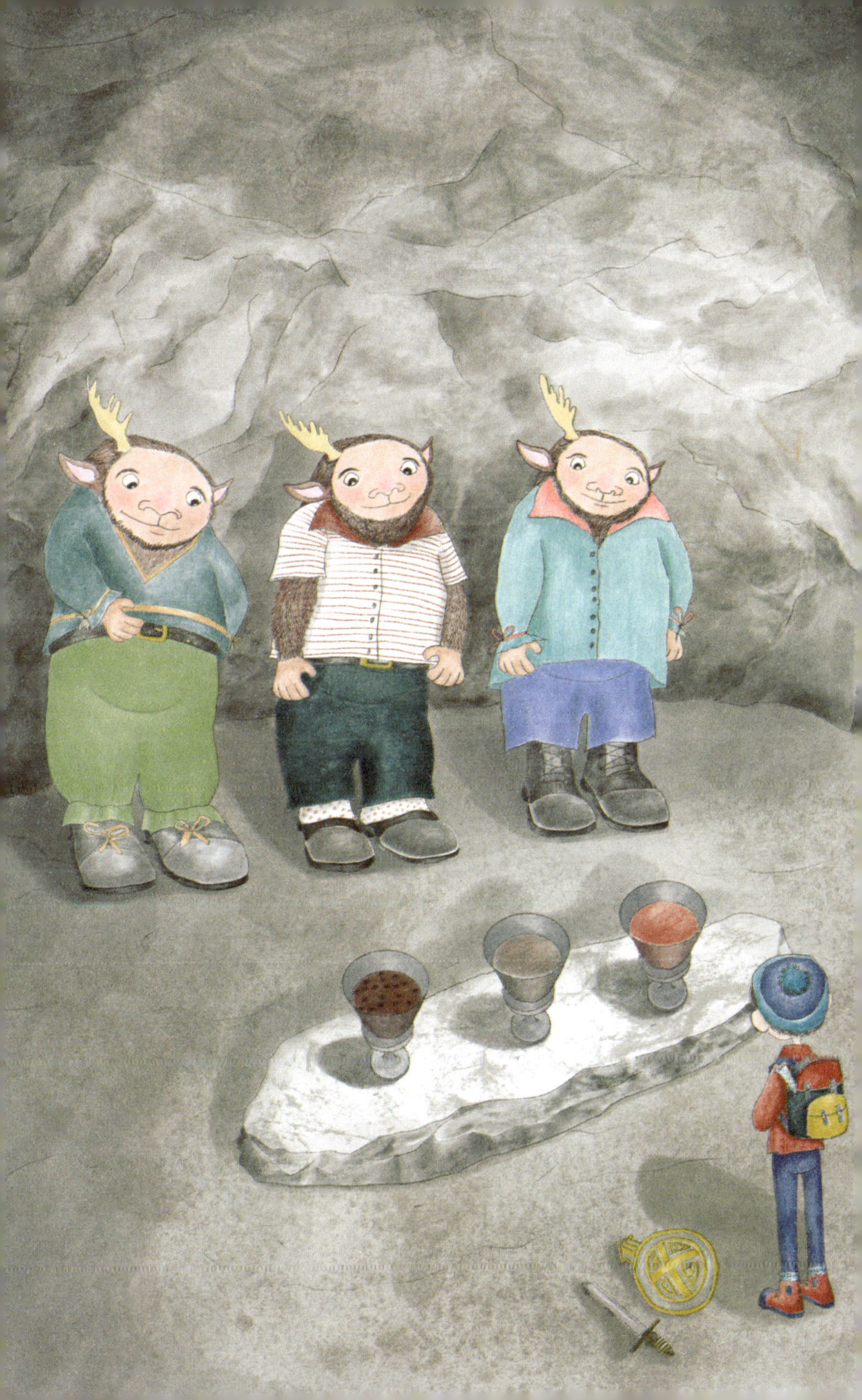

Guilherme pensou bastante e escolheu o cálice com a bebida amarga, pois era o mais desafiador e o que mais se destacava dos outros dois. E, mesmo hesitando sobre o sabor amargo, bebeu todo o líquido que não gostou, mas observou que os ogros abriram o caminho para que ele seguisse para o próximo desafio.

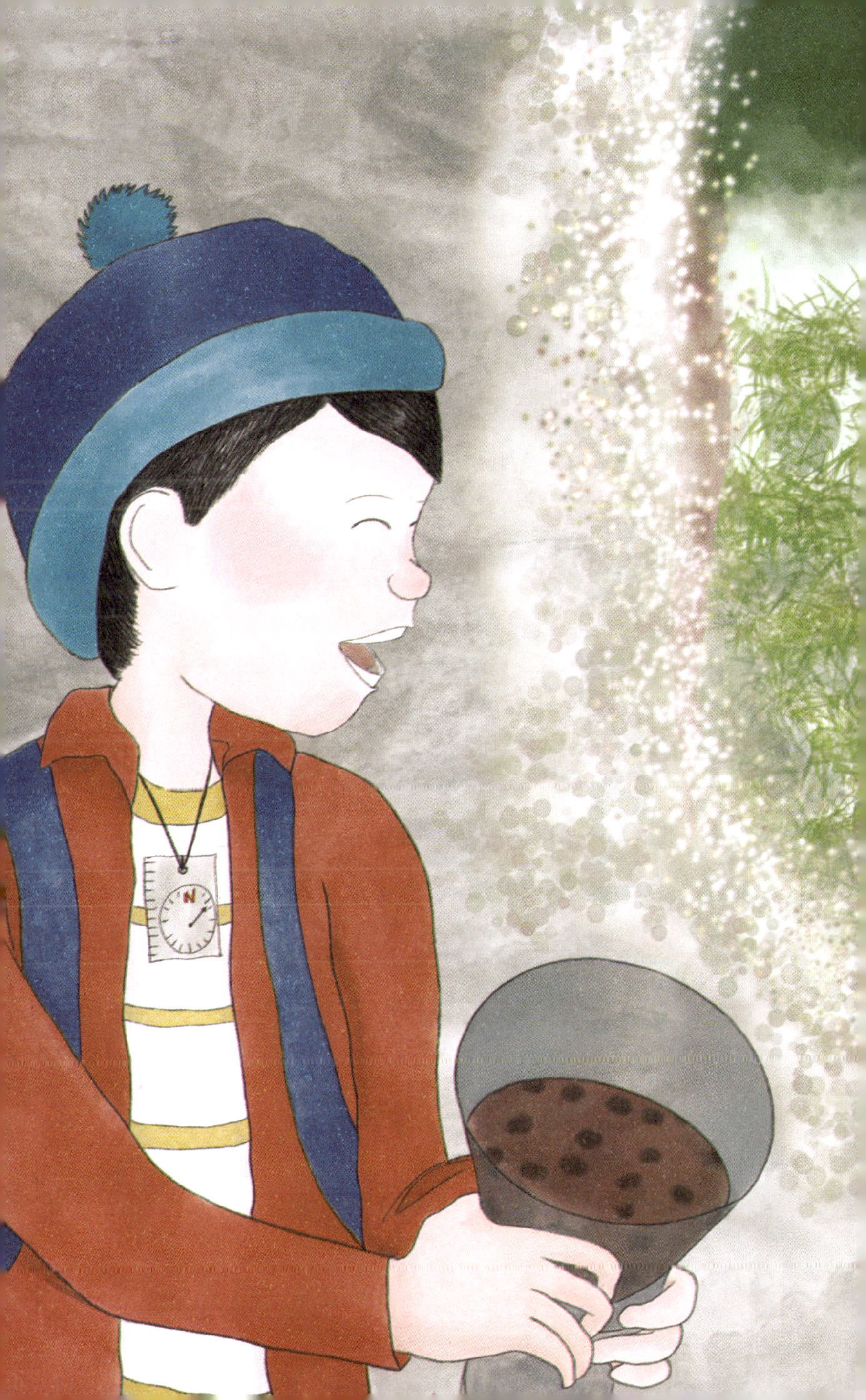

O caminho estava escurecendo
e grandes plantações cresciam à
sua frente. Guilherme empunhou a
espada e foi abrindo espaço entre a
vegetação densa e escura. Usou seu
escudo para passar por um estreito
corredor de espinhos e quase se
cortou num imenso cacto que ali
estava. Lembrou da bota que o mago
lhe havia dado, que estava guardada
na mochila, a calçou imediatamente e
saltou por cima do cacto.

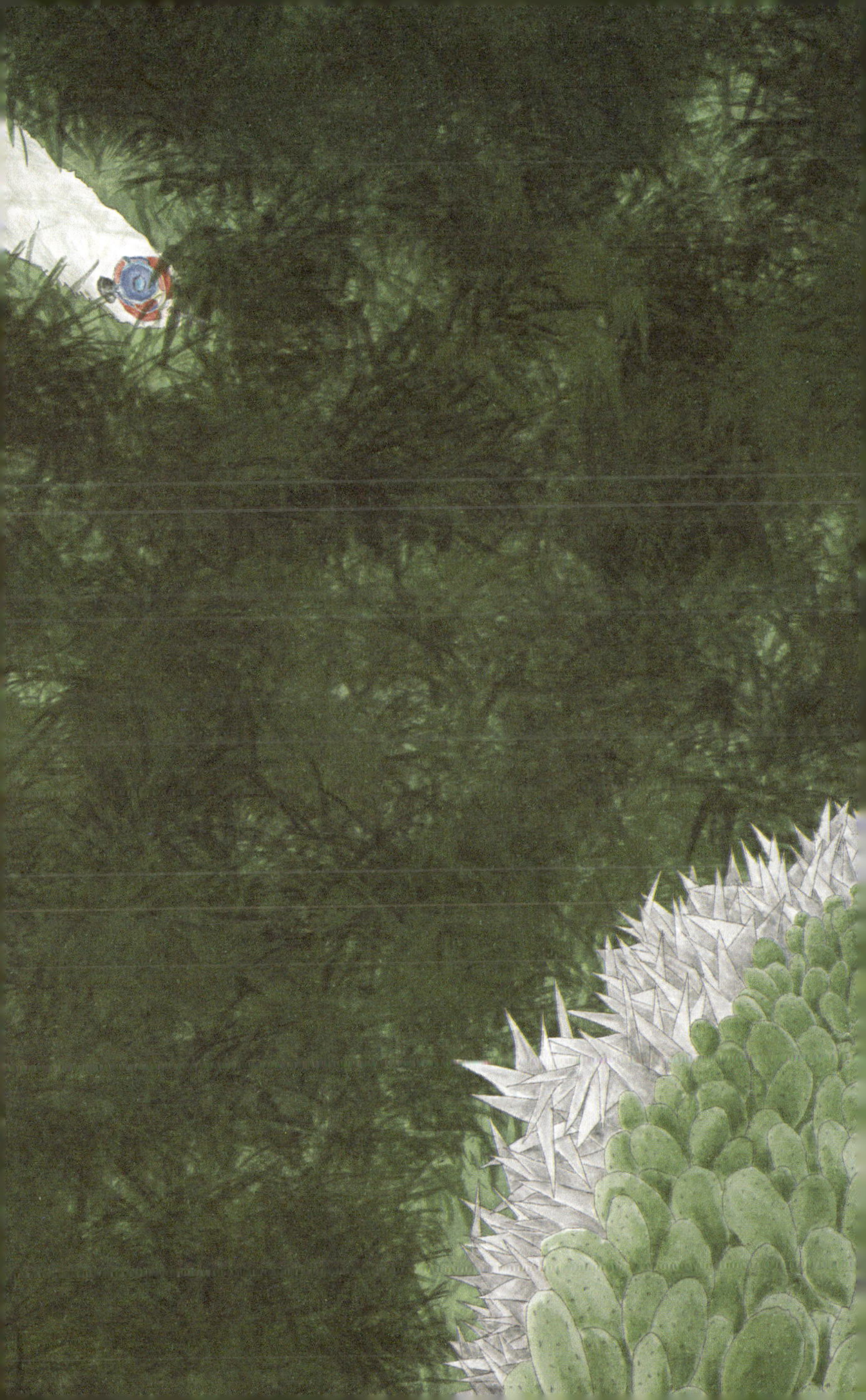

Após atravessar todo o imenso caminho, encontrou a Esfinge, última e mais desafiadora defensora do néctar.

Ela questionou o que Guilherme fazia ali. E ele disse:

— Por favor, me deixe buscar a flor do néctar mágico. Preciso salvar meu pai, pois ele está doente.

A Esfinge então respondeu com voz grossa:

— Você precisará desvendar meu enigma ou nunca atravessará esta passagem!

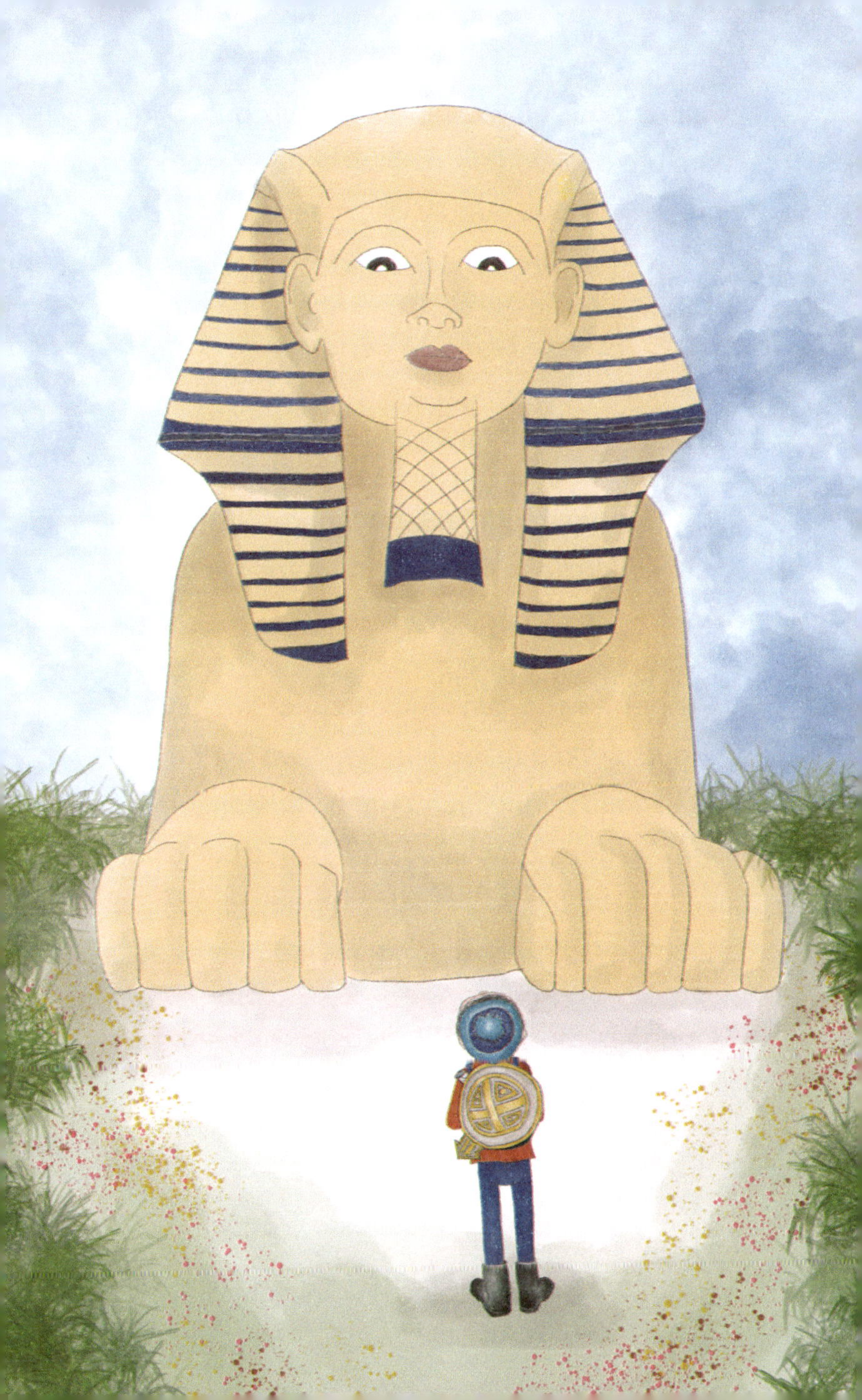

Guilherme ficou desesperado, pois nunca foi bom em desvendar enigmas. Mas, como não tinha alternativa, seguiu desafiando a Esfinge.

— Diga o que pensas e te darei a resposta certa.

A Esfinge riu e lhe perguntou:

— O que é o que é: é transparente, mas não é vidro; não pode ser quebrado, mas é facilmente atravessado?

Guilherme não conseguia sequer imaginar qual seria a resposta. Já estava quase desistindo quando lembrou do cristal que o mago lhe dera. Colocou as mãos nos bolsos do casaco, tirou o cristal mágico e pediu auxílio ao mago Zé Goton, que prontamente apareceu.

O mago sussurrou ao ouvido de Guilherme a resposta da pergunta e ele respondeu à Esfinge:

— Essa é fácil, a resposta é água!

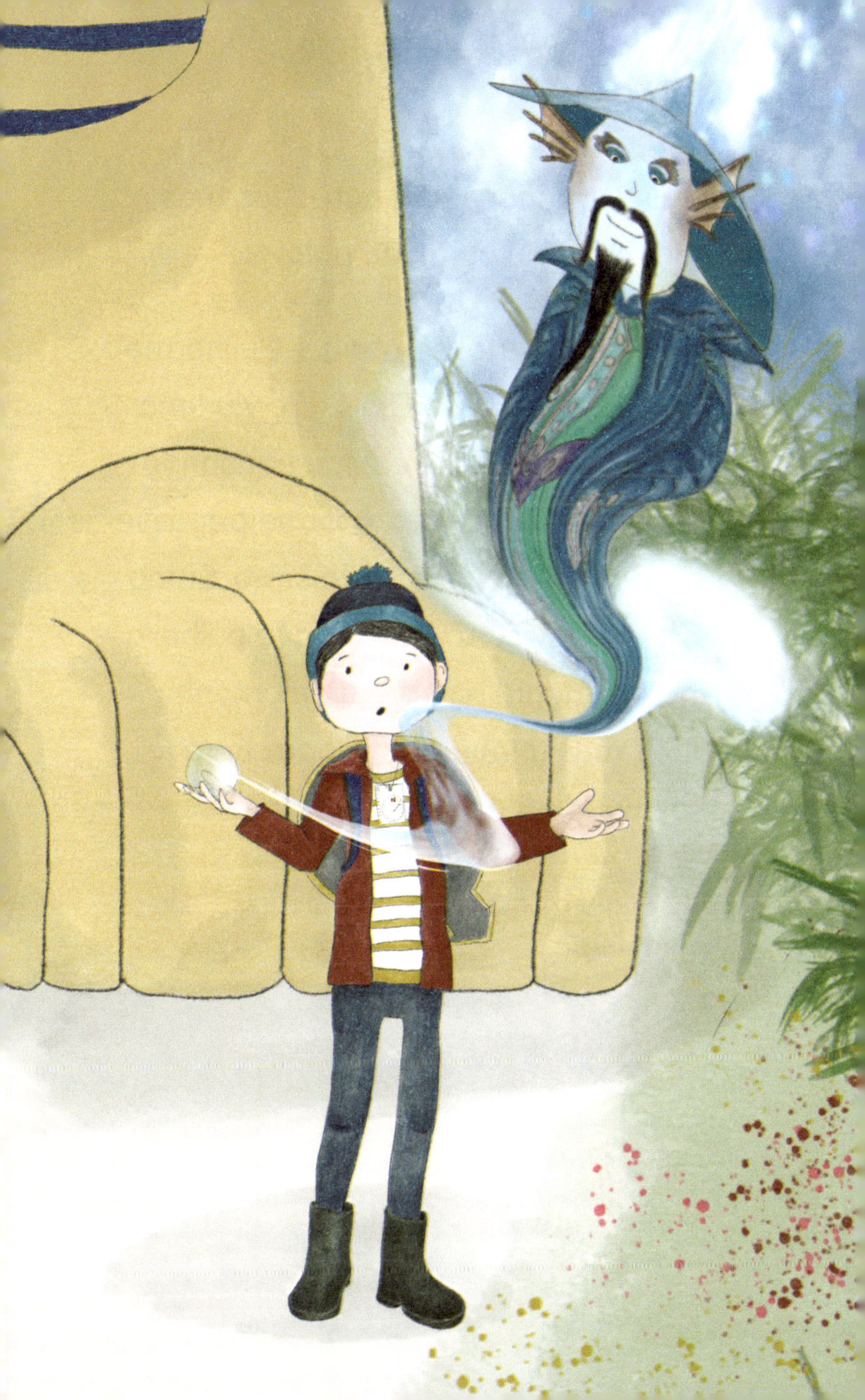

A Esfinge mal podia acreditar, mas cumpriu com sua palavra.

Um enorme portal se abriu e Guilherme avistou a montanha Ulalá. Ele viu uma imensidão de flores e ficou pensando qual seria a flor correta, pois, se pegasse a errada, seu pai não seria salvo. Então Guilherme avistou uma flor que brilhava intensamente no topo da montanha Ulalá, mas também uma barreira que o impedia de pegar a flor mágica.

Sua espada havia caído da mochila enquanto saltava por cima do labirinto de espinhos, e não fazia ideia de como passar. De repente, lembrou que não precisaria passar pela barreira, pois ele poderia saltar sobre o obstáculo com sua bota. Assim, Guilherme pulou por cima da barreira e pegou a flor.

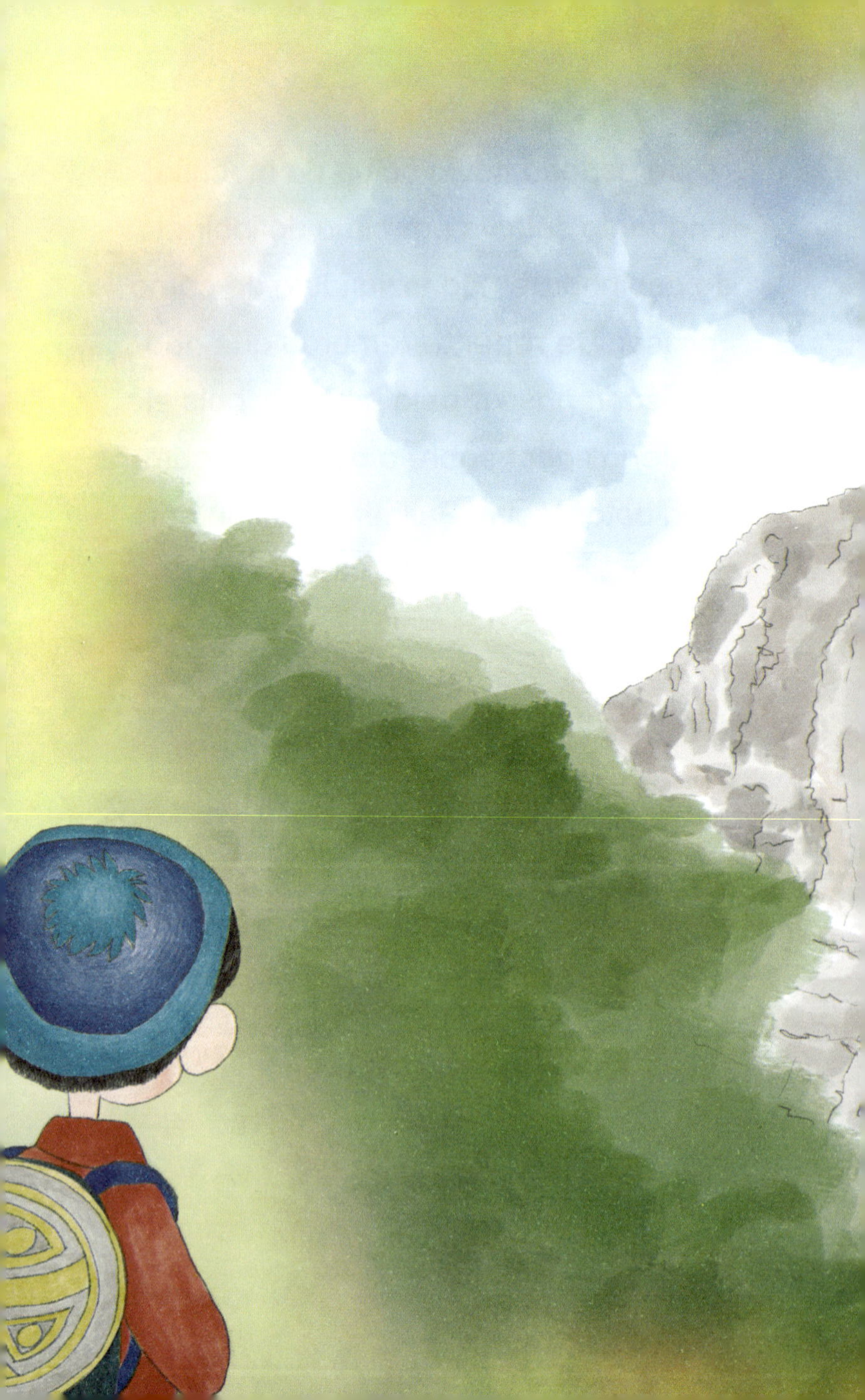

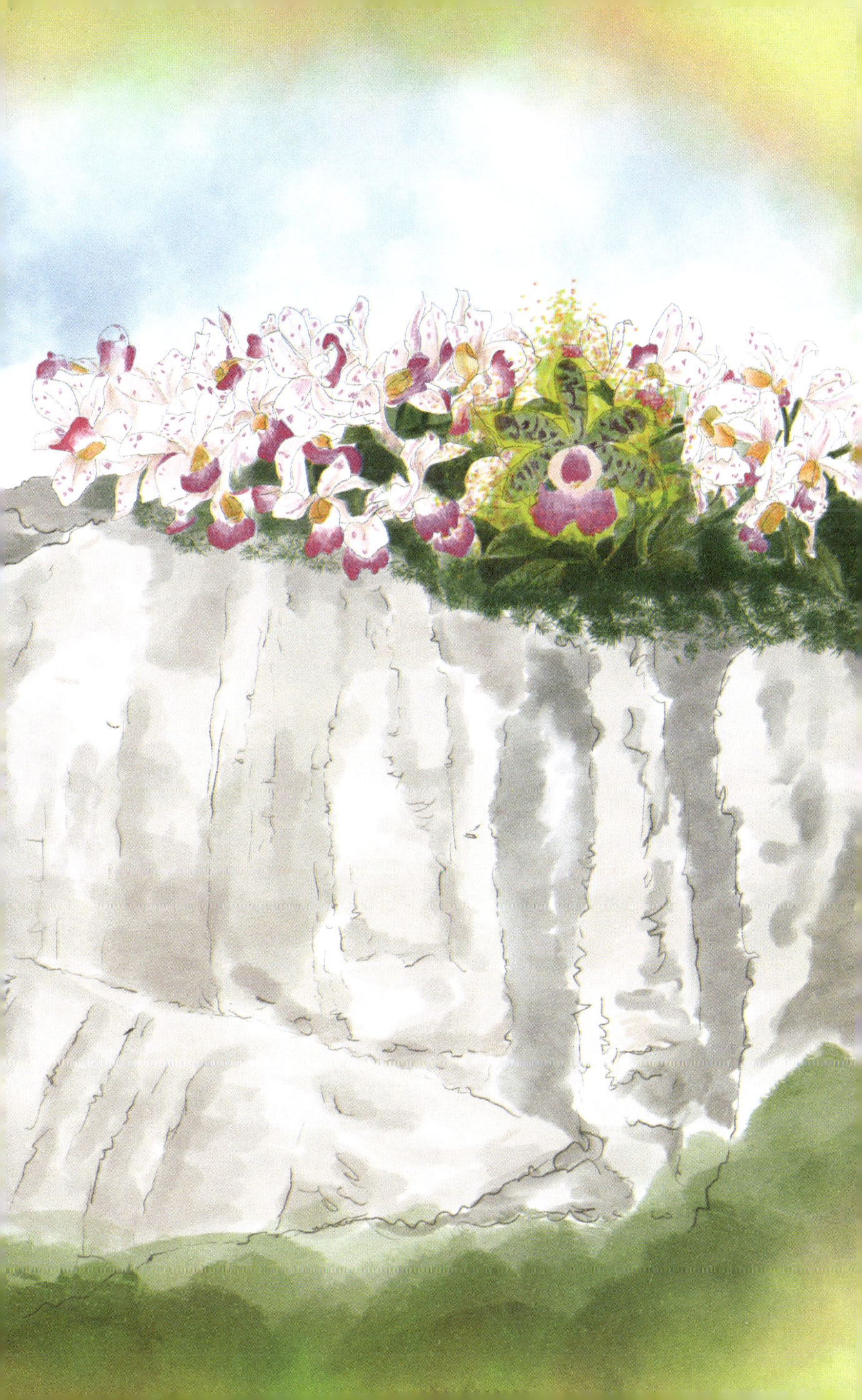

Quando retornou à floresta Aqualand, viu-se perdido, mas lembrou da bússola que havia ganhado e que deveria sempre seguir para a direção leste. Então encontrou a cabana de Zé Goton, a quem entregou a flor que havia buscado.

O mago, então, reuniu os guardiões das águas e, juntos, fizeram a água mágica com a flor que Guilherme havia pegado.

Guilherme voltou para casa depois de três dias, onde seus pais o aguardavam ansiosos e com saudade.

Heitor bebeu toda a água que Guilherme pegou e, em um piscar de olhos, se recuperou prontamente.

Sua mãe Sofia e seu pai Heitor deram um forte abraço e agradeceram a Guilherme pela coragem e esforço.

Além de salvar Heitor, Guilherme conseguiu com sua aventura fazer com que a água do reino fosse completamente purificada.

E todos viveram felizes para sempre!

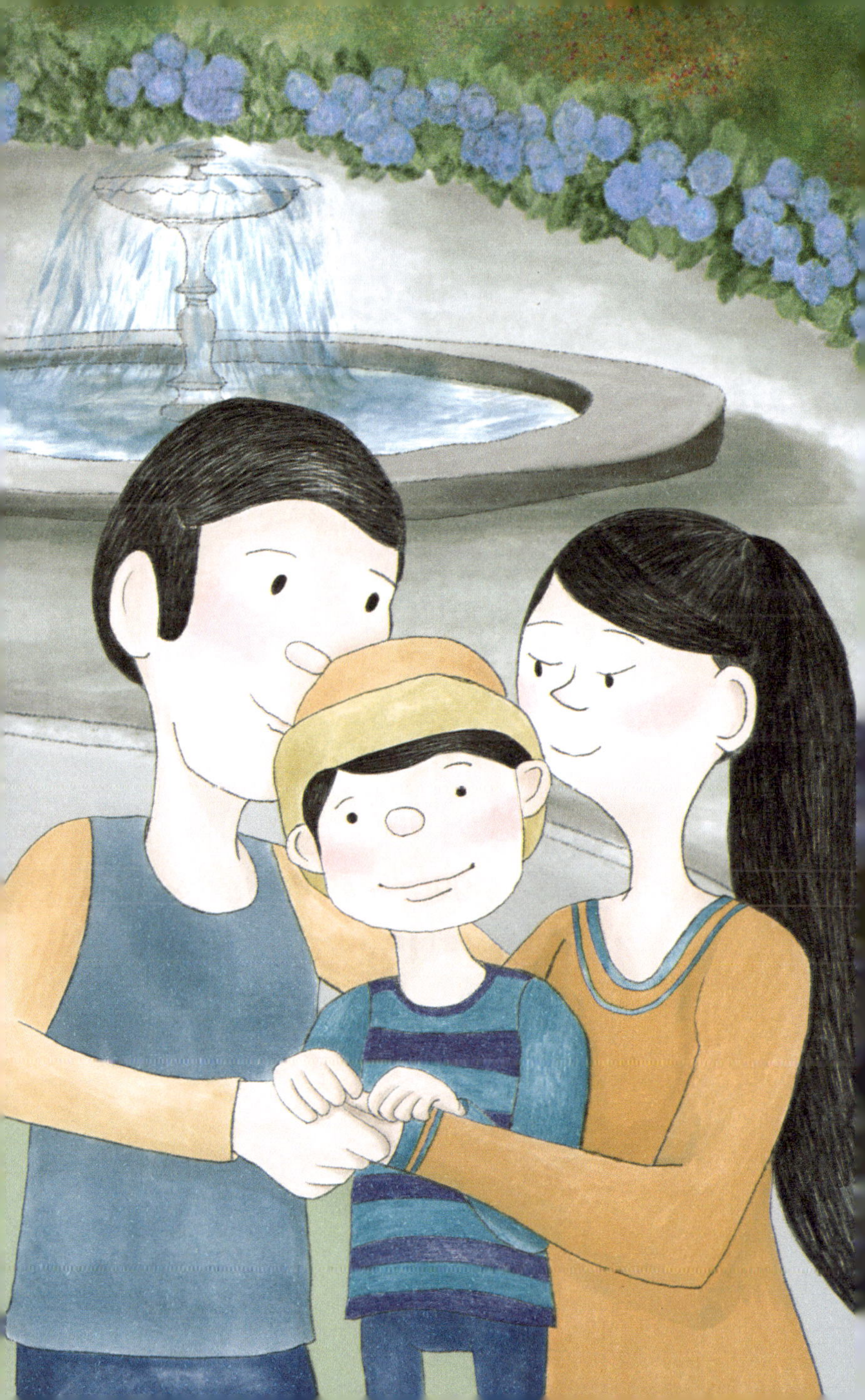